백일 그리고 시

백일 그리고 시

발　행 | 2020년 09월 14일
저　자 | 끄저기
펴낸이 | 한건희
펴낸곳 | 주식회사 부크크
출판사등록 | 2014.07.15.(제2014-16호)
주　소 | 서울특별시 금천구 가산디지털1로 119 SK트윈타워 A동 305호
전　화 | 1670-8316
이메일 | info@bookk.co.kr

ISBN | 979-11-372-1801-7

www.bookk.co.kr

백일그리고시

끄저기 지음

CONTENT

시작 할 수 있도록 기회를 준 '연지탐'분들에게 이 책을 바칩니다.

중국 연변 명동촌에 있는 윤동주 생가에서 길을 걸으며 생가에 있는 시들을 보고 또 생가에서 시를 낭송하는 시간을 가지며 시에 대한 마음을 얻게 되었습니다. 그리고 한국에 와서 100일이라는 시간동안 하루도 빠짐없이 써보자는 마음과 의지를 가지고 시작하게 되었는데 이렇게 시집으로 나오게 되니 너무나도 감사하고 뿌듯합니다.

시로 마음을 표현하고 일상의 일들을 시로 표현하는 시간이 참으로 즐겁고 유익하다고 느껴집니다. 저의 시는 개인적인 일상에서 느껴지는 상황이나 일들을 글로 남겨보았습니다. 공감이 갈 때도 아닐 때도 있겠지만 조금은 천천히 상상하며 시를 읽어주시면 감사하겠습니다.

끝으로 저는 그냥 일상에서 생각나는 것들을 끄적여보는 끄적기입니다. 이 책에 쓰여진 시와 앞으로 나오는 시들을 보고 싶으시면 인스타그램에 word_flick로 검색해주시면 됩니다.

감사합니다.

사과배

새벽이슬이 떨어졌다
조금씩 익어가는 사과배로

새빨갛게 고운 살결로
하얀 마음이 물들어간다

이렇게 익어가는 과수를
누구에게 보내야 했던가

저 멀리 멀어져가는 노을에게로인가
내 앞에 흩어져 있는 코스모스에게로인가

저 노을은 알고 있을까
조금씩 물들어가는 과실을

저 코스모스는 말할까
수확이 가까워졌다고

작디작은 이슬로
뜨거운 씨앗을 품는다

내 사랑하는 사람은 보이지 않는데
내 마음은 이토록 아프게만 느껴진다

노을에게로 가서 물어봐야할까
코스모스에게 물어봐야할까

내 마음 속 불씨는
그날의 뜨거움을 간직할까

이제는 뜨거웠던 이슬도
조금씩 조금씩 이내 사그러 들어간다

말해주세요

어떻게 찾아왔을까요
처음부터 모르는 것 투성이었는데
어떻게 알아갈까요
당신의 마음 문을 여는 방법을 모르는데

제가 당기는 이 줄이
마음 문에 있는지 땅바닥에 떨어져있는지 모르지만
계속해서 당겨보렵니다

어떻게 나아갈까요
두려움이 내 발 밑에 서성이는데
어떻게 다가갈까요
닫혀있는 문 앞에 서있는 내가

제가 가지고 있는 열쇠가
이 문고리를 돌릴 수 있는 것인지 아닌지 모르지만
열쇠는 돌려보렵니다

어떠한가요
그날의 느낌

그날의 감정
그날의 날씨

저에게 알려주었던 메시지를
마음 문으로 조금씩 열어주세요

용호각 앞에서

바로 앞에 보이는 곳은
우리가 가기엔 가깝고도 먼 나라의 일이었다
같은 땅을 가지고 세 개의 나라로 나뉘어 있었다
한 곳은 바다로 나가고 싶어 하고
한 곳은 토지를 발전시켜하고
다른 한 곳은 개발할 힘이 없는 곳이었다

눈앞에 있는 땅에 한발자국 나아가기 어려웠다
멀리 보이는 땅은 그저 그림일 뿐이었다
복잡하고 미묘하게 엮여있는 용호각 근처에서
각자가 느낀 것은 무엇일까 하는 생각이 들었다

웃픈 하루

눈물을 적시며 돌아보는 일들이 계속됩니다
지하철을 타고 가면서 덜컹이는 속도에 맞춰서
나의 심장이 덜컹거립니다

눈물은 나의 메마른 입술을 적시고 턱에 고입니다
심장이 덜컥 내려앉듯이 뚝뚝 떨어집니다
내 마음 한 곳에서 눈물이 흘리는 것은
당신이 보내온 메시지를 이제야 깨달은 것일까요

옷소매를 움켜잡고 턱과 볼을 적셔봅니다
당신이 보내왔던 메시지를 다시 되짚으며 세어봅니다

스치는 바람이 머리칼을 흩날리게 되는 까닭은
가끔씩 추억되어 보내왔던 기억이 되살아나기 때문입니다
다시 미소를 지으며 이별의 노래를 들으며 집으로 향해 가렵니다
소매에 닦여진 나의 미소를 되찾으며…

울지마 윤기타

우연

덜컹거리는 4호선 지하철에서
낯설지 않은 외모를 맞이하였다
순간의 기억
순간의 떨림
순간의 반가움이 지나갔다
웃음을 띄웠다
그녀도 웃음으로 맞아주었다
다가가는 몇 초의 순간이
굽어진 길처럼 느껴졌다
이내 만났다
인사하며 헤어졌다
잠깐의 인사
잠깐의 터치
잠깐의 행선지
잠깐의 시간이 지나갔다
헤어지는 두 사람은 다음을 기약하며
say good bye

온기

마주잡은 두 손은 차가웠고 뜨거웠다
얼어있던 심장은 정거장을 떠나는 기차처럼 속도를 높여간다
심장에서 손으로 퍼져 나가는 그 따스함은 피의 순환인데 그렇다

뜨거운 믹스커피를 입술에 맞닿으면
빨갛게 물들어 가버린다
입술이 원래 빨갰던 것일 텐데도 그렇다

흑백영화가 컬러영화가 되는 것처럼
슬며시 따뜻해졌다
기술의 발전이 이루어낸 것뿐인데 그렇다

따스함은 사람과 사람의 관계 속에 있는데
내 저장고에는 아직 차가운 냉장고의 문이 열려있나보다
그래서인지 나는 아직 그 온기가 부족한가보다

모기

작디작은 날개를 가지고 귓가에 비행기소리를 낸다
나 여깄다고 말하는 건데 불 켜 보면 보이지 않는구나

이곳저곳 둘러보고 구석구석 훑어봐도 보이지 않다가
불끈 새에 기막힌 타이밍에 찾아온다

짜증나는 녀석이 아닌가

재빨리 일어나 불을 켜고 일어나면
머리맡에 앉아 숨은척한다

잘 가라 퍽!

손바닥에 너의 몸뚱이를 보고서야
안심하고 자보련다

비빔밥

띵하고 종소리가 났다
금색의 쇠붙이들이 서로의 몸을 부대꼈다

빨간 옷과 녹색 옷을 펼쳐놓고
아이보리한 가방과 노란목걸이들을 내어놓고
종소리 내어 호객행위 한다

갖가지 형형색색의 물건들이 옮겨지며 정리해보지만
손님들의 방문들로 인해 금세 섞여 버리곤 한다

띵하고 종소리가 났다
금색의 쇠붙이들이 만들어낸 음색이 퍼져간다

K의 고백

꺼내지 못한 많은 말은
준비한 나의 시간이었다

타이밍 잡으며 걷던 길로
미루자는 나의 생각들이 가득 찼다

이내 말하지 못했던 8킬로미터에서
수줍은 학교로

좋아하는 것 같다는 나
생각해보겠다는 너

꽃을 주었지만 꽃잎을 놓고 간 그녀는
다시 만날 수 있을까요

포기

한 참을 걷다가
뒤를 돌아보았는데
아무도 없었다

다시 앞으로 저벅저벅
그리고 다시 뒤를 돌아보았는데
눈길을 둘 곳이 없었다

환청을 들어서인가
스스럼없이 계속해서 둘러보아도
공허한 마음만이 계속 된다

아무런 생각이 없어질 때
나의 시간도 정지한 채로
깊은 땅으로 들어간다

잠 못 드는 밤

하늘에 어둠이 드리워져서
눈을 감아보았다
일 회하는 유일한 시간

웃음을 주었는가
춤추는 소녀에게

두려움이 왔는가
피곤하게 앉은 소녀에게

나의 첫마디였을까
처음 보는 소녀에게

이불 킥하는 나의 행동들이
눈감았던 하늘에 그려진다

감았던 눈은 다시 뜨여지고
붉은 얼굴은 어둠속에서 반짝였다

전화번호

수많은 전화번호 속에
쓸 만한 것은 몇 개일까

거래처 지인 친구 가족
모두 아는 사람들이지만

전활 걸 수 있는 이가 누구인가
한 숨 쉬는 목록

전활걸어보아도
응답 없는 내 목소리

안부인사 첫마디가
답답함의 시작

내려가는 목록 보며
내 마음을 둘 곳 찾아본다

답가

긴 시간을 생각한 수줍은 고백
신중하고 진중하고 떨림으로

당황스럽고 부담스러운 마음
좋아한다는 것이 감사하고 기뻐하다

무거운 입술이 떨어질 때
가져오지 못한 쉬운 결과

천천히 천천히
그리고
조심스럽게 시간을 들이며 대답한다

드라마의 주인공처럼 일어난 시간
어려운 결정과 준비되지 않은 답이다

종이 한 장

새하얀 눈이 내린 곳에
조심스럽게 놓인 발자국

가만히 들여다보면
여러 가지 사연이 담겨있다

노오란 빛이 나는 곳
물이 흥건히 젖어있는 곳

기쁨이 넘치는 이야기
가슴이 아프도록 시린 이야기

새하얀 눈 위에 놓인 발자국을 보며
머리에 가슴에 하나둘씩 새겨놓는다

폭풍속의 고민

저 멀리 폭풍을 몰고 오는 구름들은
어디서부터 시작하는 것일까
무엇이 먼저일까
그곳에는 번개가 떨어졌을까
그곳에는 구름이 생겨났을까
그곳에는 비가 내려서였을까
혼란을 가져오고 걱정과 고민을 가져온다
세상에는 폭풍 때문에 뉴스와 신문으로 떠들썩하다
검은 구름이 점점 하얗게 되면
사람들은 언제 그랬냐는 듯이 일상으로 돌아간다
그즈음 검은색이 하얀색이 될 때
고민과 걱정은 또 다른 고민과 걱정으로 바뀐다
그때쯤이면 다시 말할 수 있을 테지
그때쯤이면 희망이 보이겠지
아련하게 보이는 마음 속 고민들은
어찌될지 모르는 폭풍을 다시 만들어낸다
그러면 또 다시 사람들이 알게 되겠지

아아 또 다시 폭풍이구나

딴 짓

같은 자리에 앉아서
바라보는 방향은 같지만
제각기 다른 생각과
다른 대답을 가지고 있다

같은 곳을 바라보고
같은 공간에 있지만
다른 장소에서 행동하는 것 같다
그리고 다른 생각을 한다

편한 사람

함께하는 모습이 너무 좋은 사람
아무 말을 안 해도 편한 사람
그런 사람이 있습니다

서로의 감정을 공유하고
서로의 마음을 나누는
그런 사람이 있습니다

그런 사람, 이제는 당연스럽게도 먼저 다가가서 미소를 짓습니다
편하기에 너무 좋은 사람이기에 자유롭게 만나는 것 같습니다
그렇기에 나는 오늘도 미소짓습니다

첫 만남

안녕하세요라는 인사와 함께
어색한 만남이 대화를 하며 농담을 주고받으며
한 모금씩 시작하였습니다
너에게는 처음이었을까요

달콤하게 때로는 씁쓸하게
맞이한 눈길이 눈동자에 비칠 때
고개를 돌리며
다시 한 모금을 마시네요

달이 차오르는 시간이 될 때쯤
한모금의 시작이
조금씩 비어질 때
아쉬움을 남기고 헤어졌지요

두근거림이 한모금때문인지
어색함이 끝나서인지
모를 마음 한구석에는
나에게도 처음이었을까요

낯선이

아침에 일어나 거울을 들여다봅니다
거울 안에는 낯선 사람이 있습니다
눈은 퉁퉁 부어있고
입술은 말라있으며
코는 훌쩍이는 사람이지요

세수하고 나면 낯선이는 어디로 가고
익숙한 그 사람이 보입니다
좀 전에 그 사람은 어디 갔는지
그냥 내 눈 앞에 보이는 사람에게만
눈길이 갑니다

그 사람은 어디로 갔을까요
다시 저 먼 꿈나라에 여행자가 오면
안내해주기 위해서 돌아갔을까요
내가 만난 그 사람은 누구일까요
조금씩 잊혀진 채 거울 밖으로 나갑니다

잠잠히

처음 보는 나비가 날아올랐다
그런 나비가 있을 줄이야
너울지는 황혼의 빛을 받아
날갯짓하고 꽃에 앉은 모습이
좋아보였고 괜찮아보였다
내가 바라본 그 느낌이 그렇게도 맞을 줄이야
그래서 천천히 조심스럽게 보았다
꽃에 앉은 그 순간에도
하늘을 향해 날아가는 그 순간에도
행복한 미소를 머금고
하늘을 향한
배려하는 그 날갯짓이 좋아보였다
만질 수 없는 나비야
어찌 이렇게나 아름다운지
어찌 이렇게나 순수한지
어느덧 친구처럼 다가온 나비의 이름도
잠잠히
잠잠히
그렇게 잠잠히 생각해본다

테레비

아주 먼 옛날이었지
네모난 테레비 앞에
삼삼오오 모여서 보았었지
그때는 모든 사람들이 모여서 같이 봤어
근데 요새는 나혼자야
그래서 재미가 없어
그냥 테레비가 틀어져 있으니까 보는 거지
신기한건 그때는 테레비 보는 시간이 따로 있었다는 거야

옛사람이 말하는 테레비의 모습은
지금과는 다르게 되어있습니다
그래서 그런지 아득히 먼 옛날이 그립기도 합니다
어르신들의 말씀을 듣고 있다 보면
그때는 사소한 것에도 재미를 느낀다는 것을
알게 되는 것 같습니다

사소한 재미 사소한 풍경 사소한 시간
사소하고도 소중한 시간들입니다
어르신의 테레비는
아직도 그때 그 시절처럼 틀어져있습니다

그리운 나무

새벽의 이슬을 받아서 그런지
태양은 아직도 자고 있어서인지
아침에 쌀쌀함이 묻어납니다
하늘을 바라본 나무는
어느덧 빨간 옷 노란 옷을 입고
다시 겨울을 맞이하려합니다

작은 소식들을 가지고
짹짹거리며 모여든 참새들이
지난달 그리운 나날을 생각하며
삼삼오오 모여듭니다
그리움 가득 걱정 가득
잠시나마 마음을 모아봅니다

회장님 회장님
볼 수 없지만 생각나는 말 오바다
행동으로 사랑했던 포잡
처음이라는 시간을 함께한 연아
스쳐지나간 나날이 그리워
다시 만난 케이 보글

마지막으로 애틋하였던 루피

서로 다른 이름을 가지고 있지만
마음만은 하나로 뭉쳤던 연지탑
눈 나리는 밤이 시작할 때면
그리움 한 가득을 안고
노을 진 하늘을 바라보렵니다
같은 하늘아래 마음 모으면서

세일

모여든 것이 꼭 구름떼 같네
이것저것
빠르게 고르는 손길
그들의 눈빛은
반짝이는 별과 같다
그래서 구름떼처럼 모였나보다
이왕 이렇게 된 거
나도 하나 건질란다

옷가게 앞에서

그녀는
파란 것을 골랐다가
빨간 것을 골랐다가
검은색을 골랐다가
다시
빨간 것을 골랐다
고르고 고르고 고른 것 중에
괜찮아 보여서일까
보여지는 것이 이렇게 이쁠수가 있을까
옷가게 앞에 나와 보니
반쯤 감긴 달이 비추고 있었다
내일은 빨간 것이구나

언제일지 모르는 옷을 골라서
기분이 좋은가보다
빙긋 웃는 모습이 보기 좋구나
빨간 꼬까옷 입고 춤춰보아라
내가 그댈 바라볼 테니

파마

짜장면, 먹물파스타인건가
다들 웃는다
기분이 좋은 건가
나도 웃었다

머리가 잘 볶아진 것은
무엇 때문일까
미용사가 잘해서일까 머리카락이 잘 말려서 그런 것일까
물어본다 사람들은 무슨 일이냐고
답하지 못한 것은 문제가 아니었기 때문일까

뽀글뽀글한 머리가
바람 부는 하늘로 올라갔다
모두의 입 꼬리도 올라갔다
나의 입 꼬리도 올라간다

똑같은 반응 속 다른 우리들
그들의 입이 올라가는 것이
기분이 좋은 건가
나도 웃었다

봄

봄이 왔습니다
나비가 있는 봄꽃을 몰고 오는 봄
그 봄은 가을에도 봄이지요
꽃과 나비와 벌이 어우러지고
새싹이 꿈틀 대며
자라나는 이삭들에게 활기를 준답니다
활기찬 인사로 맞이한 봄을
사람들은 취하며 함께 어우러집니다

미처 말하지 못한 건
뜨거운 가슴을 가지고
활기를 불어넣은 봄은
혼자만의 시간을 가져야합니다
다시 자유롭게 활기를 돋기 위해서지요
그러니 조금은 쉬게 합시다
가을이 지나고 겨울이 지나면
다시 생명을 싹틔우니깐요

인영

인사하며 다가오는 그대
언제나 밝은 얼굴로
언제나 부드러운 말로
안녕이라는 두 글자를 건넵니다
사람들이 와서 고민과 걱정을 얘기합니다
그것은 친밀하고 편안하기 때문일까요
아니면 큰 사람이라서 그런 것일까요
얘기 들어보면 그대도 작은 아이인데

영원히 들어주기 어렵겠지만
언제나 들어주는 그대도 고민과 걱정이 많겠지요
가을하늘에 바람불듯 떠나가려는 그대
언제 한번 밥 먹어요
밥 잘 먹는 누나
큰 사람이 작게 느껴지지 않게
같이 인사하며
거한 식당에서

노래

내 주와 맺은 언약은 영 불변하시니
내 궁핍함을 아시고
내 궁핍함을 아시고
내 앞길 멀고 험해도 주님만 따라가리

모두들 고개를 숙이고 노래를 부른다
노인 젊은이 아이들
한 입으로 한 목소리로
부른 노래 속에 기억이 떠오른다
일 년에 한 번씩이지만 모여서 노래를 부르는 것은 한 번뿐
내 궁핍함을 아시기 때문에 언약하시는 분이 있어서
한 곳에서 모여 노래한다

할머니 그곳에서 노래가 들리시나요
할머니 저 멀리 있는 곳에서 목소리가 들리시나요
할머니 한복 입으시고 말씀하셨던 그때가 기억납니다
예수 믿으라 예수믿으라
그래서 이렇게 모였지요
그래서 이렇게 부르지요
그래서 이렇게 드리지요

잘 지내시라 말하지 못하고 가신 할머니
잘 지내고 있답니다
노래하며 기억하며 모이며
여덟 번 모이고 아홉 번 모일 때까지
멀리 길가는 노래의 여행이 꼭 닿기를 바라옵니다

식사 전

다홍색이 싹둑싹둑
청록색이 써걱써걱
색들이 어우러진다

모락모락 안개가 쌓여질 때쯤이면
치익치익하는 기차소리가 들린다
스르릉하는 쇠붙이 소리에

어우러지는 색상 속
바다물결이 들리기도 하고
푸르른 언덕에 바람소리가 들리기도 한다

절로절로 미소 지으며
문을 열고
자리에 앉는다

빗방울 소리가 나리다

투둑투둑 나리는 빗방울 소리가
하늘을 뒤 덮으며
이윽고 안개를 만들었다
이상한 일이다
분위기도 가라앉고
내 마음도 가라앉는다

똑똑 거리는 빗방울 소리가
하늘을 개울 때쯤이면
이내 찬란한 광명이 비친다
이상한 일이다
기분 좋은 바람이 부리고
내 마음도 수수하게 붉어진다

아침부터…

아침부터 어디를 가는 것일까
파도처럼 왔다 다시 파도처럼 나간다
파도치는 물결에 일렁이는 해변의 모래알처럼
햇빛에 반사되어 눈이 부시다
반짝이는 모래알이 파도와 만나
부서지는 소리를 낼 때
아침은 어디로 가고 사람들은 어디로 가는 것일까

비오는 거리

스르륵 스르륵
잠긴 눈꺼풀사이로
태양이 비치며
물방울이 너울졌다
투툭하며 떨어진 물방울은
하늘로 올라가서 구름이 되었다

잠깐이었는데
긴 시간이 되어버려서
우산을 준비할 수밖에 없었다
투두둑 투두둑
그 소리가 좋아서
가만히 기다렸다

무제

차가운 시선을 가지고
문득 거울 속을 들여다보았다
그곳엔 파아란 눈이 쏟아지는
별을 가진 아이가 서 있었다
아이는 별을 들고 말했다
'뭘봐?'
정말로 냉소적인 아이였다
거울이라서 나는 내가 나에게 묻는 것인지 생각하며
다시 거울 속을 들여다보았다
아이는 별을 들고 있으며
여전히 별은 파아란 눈을 쏟아내고 있었다

매순간마다 저려오는 다리를 붙잡은 채
아이에게 다가가며 말했다
'거울아 거울아'
하지만 돌아오는 대답은 냉소적이다
'뭐야!'
내가 무슨 말을 하였을까 아차차
아무 생각도 없었다
그렇게 한동안 바라보다 돌아나왔다

그 아이가 무서워서가 아니라
보기 싫어서였다
그랬기 때문에 난 돌아 나왔다

커피

커피 한 잔을 시켜놓고
이야기꽃이 피어난다
피어난 꽃에 물을 주듯
너도나도 물동이를 쥐어잡는다

종이컵 속에 보이는 커피의 달콤함이
하얗게 거품 지어져 있다
우유거품의 달콤함이
커피의 씁쓸함을 부드럽게 해주었다

부드러운 이야기 속
커피 한 잔의 여유
서리 내린 유리창이
따뜻한 대화로 내리 녹는다

버스정류장에서

버스정류장 앞에서
처음 보았던 그대
그대 때문에
내 가슴이 빨리 뛰어갑니다
혹시라도 눈이 마주칠까봐
곁눈질로 기웃기웃합니다
아아 같은 버스를 타게 될지 누가 알았을까요
나는 그대 때문에
다시 가슴이 뛰고 있습니다
내 앞에 선 당신의 향기가
꿀처럼 달콤합니다

버스에 올라
나도 모르게 옆에 서게 됩니다
아마도 그대의 향기에 취해서겠지요
손잡이를 잡은 손이 왜 이렇게 떨리나요
버스가 흔들려서 그런 거겠지요
앞 유리에 비친 내 모습이 초라해 보이는 것도 잠시
시간이 참으로 빨리 갑니다
어느덧 내려야할 시간

저 이번에 내려요라는 말 가슴에 묻은 채
그대를 떠나봅니다
안녕 버스정류장 그대
안녕 내일 또 만나요

서른 한 개

이름도 참 재밌게도 지었다
엄마는 외계인이라니 정말인가
사랑에 빠진 딸기는 누구에게 빠진 것인가
바람과 함께 사라진다는 영화제목인가
재밌게도 지은 맛깔 나는
이름들이 즐비해있다

서른 한 개의 맛들
이름 짓는 것도 어려웠을 텐데
재밌게도 지었구나
서른 한 개를 못 담아도
입 안에는 상상의 맛이 나열될 테니
서른 한 개의 행복을 들고 가는 것이나 마찬가지구나

허공에 쓴 악보

아무 생각 없어서
불러본 노래는
허공에 악보를 만들고
가슴에 가사를 남겼다

가지고 있는 노트에
적어보았지만
그때의 감정
그때의 생각
그때의 시간은
돌아오지 못하였다

허공에 쓰여진 악보는
다시 찾아올 거라고
다시 으음음하고 되내어본다

아무것도 아니야

보이지 않았다
올빼미가 고개를 돌리듯이 봐도
보이지 않았다
여러 사람들이 모여 있는데
그들의 말은 들리지 않았다
그저 오늘 왜 안 나왔지
어디 간 건가
어디 아픈 건가
괜시리 걱정하고 생각하고 있다
그러던 중 머리로 날아온 화살
마음이 놓았다
이따 온데 이따가 온데
다행이다 다행이다
뭐가 다행이야 너랑 무슨 상관인데
넌 아무것도 아니야 아무것도
괜한 기대감으로 기다리지마
그렇게 또 되뇌이며 들뜬 기분을 가라앉힌다

테라스에서 밀크티

높은 옥상 위에서
밝은 달을 보았다
아직 파아란 하늘인데
파란색이 민망하게
밝디 밝은 달이 떠있다

고운 빛깔이
밀크티에 비쳐서
더 맑디맑은 향을 뿜는다
곱게 갈아 만든 차 속에
달이 들어가서인지
달달하다

파아란 하늘아래
고운 빛깔 속을 들여다보니
그 속에는 네가 있고
그 속에는 내가 있구나

치킨집 앞 고양이

치킨집 앞 고양이 한 마리
낼름거리는 혀가 입 꼬리를 만들었다
향에 취해 멀뚱이 섰던 그 순간
찰칵 소리와 함께 사진을 찍는 여자
시큰둥하게 자리를 옮기자
시큰둥하게 자리를 옮기자
아랑곳 않는 여자
아 정말 귀찮아
아 정말 저리가
휙하고 돌아선 고양이의 행동이
우습다

까만 화면

까만 화면을 바라봅니다
커져있는 건 아닌데
자꾸만 움직이는 무언가가 있습니다
강아지 남자 여자 빨간 집 빌딩 등등
뭔가 많은 것들이 지나갑니다

그 지나가는 것들이 모여서
하나의 이야기가 되듯
나의 눈동자 속으로 비춰줍니다
눈동자는 감동이 되고
분노가 되고
슬픔이 되고
기쁨이 되어서 눈물을 흘립니다

까만 화면에 보인 이야기 때문인지
눈동자의 모인 감정 때문인지
시간이 점점 흘러갔습니다
그렇게 까만 화면 보인
그 남자의 그림자가
언젠가는 이야기 속의 주인공처럼
살아나서 흘러가길 보겠습니다

하루를 살아가는 법

하루를 살아가는 법을
잊어버렸다
그래서 고장 난 시계처럼
가만히 멈추어 있다
아침에 해가 빛나고
저녁엔 달이 비추는 것처럼
하루에는 정해진 규칙이 있고 법칙이 있는데
창가에 보이는 마지막 잎새처럼
가만히 기다리고 멈추어 있다
하루를 살아가는 법을
알아야한다

조언

사람이 사람을 만나서
인생의 이야기를
경험의 이야기를
조용하고 어두운 곳에서 마주한다
초라한 빛 속에서 나누는 이야기는
이것은 이렇고
저것은 저렇다하는 것일 뿐
그 이상 그 이하도 아닌 마음 속 깊은 공감대를 이룬다

큰 호수에 빠져 빨대 하나로 숨을 쉬며
허우적거리는 우리는
무엇에 쫓기는 것인지
급한 물살을 가르게 만든다
그러면서 지푸라기를 잡으며
살았다며 안도의 한숨을 내쉴 때
깊은 수렁으로 빠지며
희망이라는 빛을 갈망한다
손을 내밀었던 나그네의 인정은
몰랐다는 듯이 푸념하고 후회하며 핑계를 댄다

나의 실수는 무엇일까
나의 진심은 무엇일까
행복했던 시간들의 공통점은 아무 생각 없이 행동했던
그때 그 시절의 어린아이와 같은 순수함이었다
사람들이 말하는 말씀들은 삶의 경험이 담겨있다
나는 큰 항아리 속에 다시 담는다
경험이라는 주머니를 조언이라는 행동을

비바람과 친구가 될 수 있을까

차가운 비바람이 몰아치는 날
나는 물 위를 걸어가는 것 같다
더러운 흙들을 가라앉히려고
차가운 솜사탕을 내리려고 하려나
비는 나를 귀찮게 한다
바람은 비랑 친해지라 한다
싫다 싫어 비와 바람
자꾸만 나에게로 온다
난 너에게로 가지 않는데
너랑 친구가 될 수 있을까
겨울이 가기 전에 알려줘
그래야 봄이 올 때 함께 할 수 있으니깐

가을의 색

흙내음을 가득 안고
가을 사과인 듯 겨울사과인듯
꾸러미를 잔뜩 가지고 오신 어머니
사과, 배추, 감, 귤
어제 오늘 열심히 수확한 열매를
한아름 가득 싣고
기쁨으로 즐거움으로 마음의 부자가 되었다

하나의 감을 깎아서 먹는 시간
혀에 감긴 꿀맛이 가득했다
다홍색의 빛깔이 만들어낸 자연의 색
진하지도 연하지도 않는 본연의 색
너무 아름다운 감색
겨울이 되어 차가운 색이 되어가지만
가을의 색과 가을의 맛은 아직이다

강촌

하루 두 바늘 한 바늘
기차를 몰고 올 수 있는 강촌
쇠면 바닥으로 채워져 있는 옛 역의 자취
예전에는 기찻길로
예전에는 누군가를 기다리며
예전에는 대학 엠티의 장소였던
흔적들이 가득한 그 곳
짧으면서도 긴 시간이 함축적으로 몰려 있는 곳
기찻길은 누군가에게는 추억이고
누군가에게는 사랑이었다
추억과 사랑 그리고 흔적이 있는 강촌
그리움이 남겨져 있다

고통

죽을 것 같다
계속 가다간 죽음이 몰아칠 거 같았다
아 이건 아닌 데라는 말을 몇 번이나 한지 모른다
그렇게 저녁에도 밤에도 아침에도
계속 멈추지 못할 고통이 동반된다
후회의 순간
아쉬움 하나
내 몸이 내 말을 듣지 않은 순간
영혼의 떨림 목소리가 들리지 않는다
아무 생각도 들지 않는 정처 없이 떠도는 한 줌의 속
심장을 도려내듯 끝없는 고통과 신음이 동반된다
아 이게 지옥의 맛인가
괴로움이 떨쳐지지 않는다
아픔은 괴로움의 연속이요 고통의 동반자이다

잃어버린 어른

아무것도 안해야 대단한 것을 할 거다
정신없는 세상 속 잃어버린 마음
빨간 옷을 입은 곰 인형의 시간처럼
항상 잃어버리는 우리
행복은 어디에 있을까
어린아이의 마음을 잃어버린 어른
우린 얼마나 더 길을 잃고
우린 얼마나 얕은 물에서 허우적거리고 있는 것일까
어른은 빨간 풍선을 잡을 수 없다
그것은 행복이었고 동심
쉽게 잡지 못하고 떠나는 풍선
잃어버린 곰 인형은 말한다
어딘가에서 기다릴거라고

졸음

머리가 땅에 닿도록
꾸벅꾸벅하는 아이야
어제 늦게 자서 그랬던 것이니
아니면 하루가 고되어서 그런 것이니
땅에 닿은 머리에 머리카락이
햇빛에 반사되어 꿈을 비추고 있다
꿀처럼 달콤한 것이
기분이 좋은가 입맛을 다신다
그러다가 놀라서 고개를 젖힌다
슬며시 뜬 눈으로 바라보고는 씨익하고 웃는다
머쩍었나보다 땅에 닿은 머리가 빨갛다

수리수리 마수리

사람들이 마술을 봅니다
다른 세상에서 나오는 차원의 문을 들고 있나봅니다
비둘기도 토끼도 카드도 나왔다가 들어갔다가 합니다
그들은 어디에서 왔다가 가는 것일까요
초원에서 하늘에서 카지노에서
그저 마술사가 원하면
그들은 자리를 잡고 초대에 응해주는 것 같습니다
사람들은 마술을 봅니다
호기심 가득한 눈으로 의심의 눈초리로
손을 모자를 상자를 보면서 생각합니다
마술사는 어떻게 하는 것일까요
안주머니로 뚫려있는 주머니로
그저 마술사는 주문을 외우며 말합니다
수리수리 마수리

군인아저씨

빡빡 깎은 머리 다부진 체격
힘쎈 장수풍뎅이가 마침내 나왔다
한 모금 한 모금 마시는 물이
달다고하며 소소한 기쁨을 나타낸다
행복에 겨운 일상에서 조그마한 나뭇잎 사이로
비추인 햇살이 따뜻하다며 앞발을 내딛는다
그렇게 일주일을 살다가 다시 전장으로 향하는
그의 뒷모습은 마치 군인 아저씨와 같다
휴가를 나온 사람의 마음은 참으로 따뜻하고
소소한 행복을 찾아서 다닌다
발걸음이 가벼운 군인아저씨는
어둠 속에서 많은 계획을 짜고 햇빛을 쬐지만
짧은 시간동안에 소소함을 느끼며 돌아간다
화이팅하며 기약 없는 다음을 약속하며 웃음을 담는다

수능의 시작

매번 보는 글이고 숫자인데
오늘은 다른 느낌이다
평소보다 날씨를 보고 시계를 준비하고
주로 쓰던 필기구를 준비한다
평소에 입던 옷을 입고 마음을 준비한다
모든 가족들이 응원해주며
문을 연다
차가운 바람 매서운 미세먼지 아 마스크 준비할걸
학교로 들어가는 길 후배들이 플랜카드를 들고
시험 잘 보세요라고 한다
그때까지 괜찮았던 마음이 콩닥콩닥해진다
들어선 교실 오늘하루 전쟁을 누빌 책상과 의자가 있다
잘 부탁한다는 마음의 소리를 남기며 앉아
나의 무기들을 꺼낸다
매번 보는 글과 숫자들을 맞이하기 위한
그간의 흔적을 오늘은 작은 오엠알에 적어야한다
호흡을 가다듬고 마음을 정화하며
시작을 알리는 첫 종소리에 나는 다시 눈을 뜬다

검은 연기

뭉게뭉게 피어오르는 검은 연기가 모여 있었다
서로 나쁜 말을 뱉으며 나아가고 있다
그렇게 한참을 수다 떨다보니
서로 기분이 상한건지 헤어진다
옆에서 흰 구름이 보고 옛 생각이 났는지
피식 웃으며 검은 연기들을 데려간다
시커먼 연기가 하얀 구름이 될 때까지
계속 좋은 말을 내뱉으며 정화시킨다
다시 검은 연기가 되지 않도록

그 시절 우리가 만난 시간

시간은 정말 빠르다
해가 떠 있던 시간이 있었는데
어느덧 달이 떠 있는 시간이 되었다
우리의 만남은 그렇게 시작 되었고
더운 여름에 만났다
물장구치고 함께 모여 이야기 했던
그 시절 그 여름의 우린 많이 어색하고 조용했고
어느덧 긴 겨울이 되어서는 떠들썩하게 수다를 떤다
무엇을 하고 있는지 어떤 고민이 있는지는 중요하지 않다
지금 이 순간 이렇게 만나고 이야기를 나눌 수 있어서
행복한 순간이다

시간은 정말 빠르다
뜨거운 커피를 시키고 한 모금이 지났는데
차갑게 식어버린 커피가 되었다
우리가 이야기한 그 시간은 짧다고 느껴졌지만
식어버린 커피와 같이 시간이 지났다
그렇게 벌써 추운 겨울이 되었다
시간을 잊어버린 것처럼

빨간 풍선

빨갛게 달아오른 슬픈 풍선이 있습니다
처음엔 볼품없는 시절이었는데
떠나가는 가족들이 생기고
헤어지는 친구들이 생겨
슬픈 풍선은 부풀어졌습니다
너무 많은 이야기를 가지고 있었기 때문입니다
아버지 어머니 동생 친구 나무 풀 꽃 강아지
만났던 모든 것들의 슬픈 이야기를 가지고
하늘로 올라가 울어보려합니다
빨간 풍선은 뜨거운 비가 되어
추억 속으로 내려갑니다
깨끗이 씻어 내리듯이

반죽

열심히 누르고 누르고 누르고
눌렀더니 떡하나 생겼다
열심히 때리고 때리고 때리고
때렸더니 떡하나 생겼다
누르고 때리고 그러다가 휙휙
크게 크게 던지고 던지고 던지고
던져서 반죽하나 만들었다
반죽하나 보아하니
무엇에 쓰일꼬
졸업식 짜장면을 만들어줄까나
반가운 님한테 떡하나줄까나
에잇 그냥 칼국수 만들어
따뜻한 겨울 지내세

천장

사다리를 타고 올라간 곳은
까만 어둠이 깔려있고
뱀이 있고 반딧불이 있다
작은 곤충들이 들썩이는 곳이기도 하다
그곳에서 뱀의 허물을 갈아주고
반딧불의 빛을 갈아준다
그리고는 다시 뚜껑을 닫는다
그 녀석들이 나오지 않도록 하기 위해서이다
허물과 꺼져버린 빛을 바꾸어서 버려주는 것이지만
그들에게는 새로운 활기를 넣어주는 일을 한다
뱀과 반딧불 그리고 작은 곤충들은 어둠속에서 일을 한다
아래에 있는 모든 것들을 위해서

와사비

처음부터 그랬던 것은 아니었다
그냥 씹어보니 알 수 있었다
입 안부터 가득 퍼지는 맛의 향
이 맛이 나를 자극시켰다
목을 지나 코를 지나 눈물샘으로
초록색의 독극물 같은 인상이지만
짜릿한 매운맛이 났다
잠깐의 느낌이지만 그것은 계속 생각나는 맛이다
생선친구들과 간장이 함께하면
더 놀라운 시간이 된다
그래서 그런지 이 녀석이 싫지는 않다

감사

있는 듯 없는 듯하지만
무언가를 했을 때 찾아오는 기쁨이 있다
그래서 사람들이 작은 일을 하고도 말하고
큰일을 해도 말하는 것 같다
살다보면 자주 하는 말인데
보따리를 풀어도 풀어도 계속 나온다
입술이 귀에 걸려도
눈에 홍수가 나와도
너의 감사와
나의 감사가 다르지만
감사하다는 것에
소소한 행복을 함께 누리는 것이 아닐까 한다

500년 모과나무

그 세월동안 갖은 풍파를 맞으며
버텨온 너의 시간이
30년과 맞바꿀 수 있을까
너는 꽃을 피우고 열매를 맺으니
죽음이 어디 있으랴
꽃 피우는 시간
열매 맺는 시간
이겨 온 너의 500년은
무엇을 느꼈는지 속이 다 비워져 껍질만 남았구나
500년이라 함은 어디서부터 시작되었는지
나는 안타까워 마음이 아프다
나의 30년은 꽃과 열매를 맺는 시간이 언제인지
너는 그 속이 없으니 알 수가 없을 테지
노오란 모과 향을 내는 것은
지나온 내 마음을 위로해주는 것인지
향그러운 솜씨를 발휘했다
고마운 모과나무
앞으로도 꽃길만 걸으렴

첫 눈

폭풍우가 치는 날처럼
앞을 가리우며 하얗게 나리운 눈은
지붕에도 우산에도 계단에도 신발에도 내려
추적추적하게 발에 채였다
쇠소리를 내며 사람들은 입을 쭉 내밀었다

첫 눈이 이렇게 많이 내렸던 적이 있던가
차가운 날씨가 더 차갑게 느껴졌다
오들오들 떨며 옹기종기 모여든다
하얀 눈밭에 까만 먹으로 그림을 그리듯
사람들은 여기저기 움직이며 춤을 춘다

겨울이 오긴했나보다
꼭 닫혀진 문을 열어달라던 소녀의 말에
하얗게 바람을 불러준 공주는
차가운 도시에 하얀 눈을 내렸다
그렇게 겨울의 시작을 알린다

열매

꽃에 물을 주는 시간이 있었다
그런데 잊어버렸던지 시들어버렸다
그리고는 꽃잎이 땅으로 떨어졌다
뒤늦게 물을 주었지만 이미 늦었나보다
땅에 촉촉히 젖어있었던 곳에는 시든 꽃잎만 남았다
한 주가 흘러서 다시 찾은 그 땅에는
탐스러운 열매가 매달려 있었다
어떻게 된 일인지 꽃이 지고 난 그 자리엔 열매가 있었다
안도의 한숨을 내쉬고는 열매를 위하여 물을 준다
꽃을 위한 마음으로 다시 시작하며

기다림

하루가 지나지나 일 년이 흘렀습니다
일 년이 지나지나 그렇게 세월이 흘러갑니다
힘든 시기인 줄 알았는데 행복한 시간이었습니다
당신을 기다리는 것이 행복한 시간인데
그것을 잘 모르고 눈물만이 한숨만이 가득했습니다
이제는 아닌 것을 알기에 이 기다림이 즐겁습니다
언젠가 만날 그날을 위해 나의 빈자리를 비워놓겠습니다

아쉬움

시간이 지나가는 날이 아쉬울 만큼
그 사람을 만나고 만난시간이 계속되었는데
이상하다 이상해 같이 있으면 이상하다
그래서 더 알고 싶고 더 가까이 있고 싶다
헤어지는 것은 이 순간이고
멀어지는 것은 매순간인가
눈을 감으면 기억되고
눈을 뜨면 아른거리는
나의 꽃이여

아시나요

간혹 생각하였던 제 모습을 반성합니다
매일 아침마다 눈을 뜨며
습관처럼 말했던 고백이었나 봅니다
잠깐의 시간만 있었던 듯합니다
매일 죽이고 죽이는 당신의 마음을 저는 몰랐나봅니다
무의식적으로 행했던 행동들
약한 마음으로 일삼았던 마음을
그게 당연하다는 듯
세상의 맛을 음미하였습니다
아시나요 제가 했던 모든 것들이
당신에게 덧없다는 것을
다시 생각해봅니다 이것도 잊어버릴지언정
다시 찾아봅니다 이것도 잃어버릴지언정

12월의 겨울

일 년의 마지막이 되어간다
12월의 겨울이 시작되었다
추운 날이 다가올 때
힘들어지는 시간이 다가온다
겨울을 대비해라
꽁꽁 얼어붙은 땅에
불을 지펴라
추운 12월을 따뜻하게 보낼 수 있게
불을 지펴라
불을 지피고 난 후에
봄을 기다리자
나의 땅에 네가 기댈 수 있도록

신부

눈부신 하늘
새하얀 드레스
향기로운 꽃을 들고
길게 뻗어있는 하얀 융포를 따라
한 남자에게 가는 여자를 바라본다
아름다운 모습으로
한평생을 키워준 남자의 팔짱을 끼고
다른 남자에게 다가간다
정신없는 하루를 보내다가 바라본 하늘은
아직도 눈이 부시다
눈부신 하늘
웃음기 가득한 날
행복이란 꽃을 들고 액자에 담긴 그림의 한 장면을 남긴다
그리고 꽃을 건넨다
자신의 행복을 다음대로 나눠주듯이

달

보이지 않는 시간은
언제나 마음속에서 비추고 있는지
매번 너의 끌어당김을 느낀다
밝은 아침에 잠깐 보이고는
이내 숨어버리지만
모든 일을 마치고
집에 돌아올 때 무심코 하늘을 바라봤더랬지
너는 언제부터 있었는지
나를 한참이나 바라보고 있었구나
고맙다 다음에는 빨리 알아차릴게

눈밭

보이지 않아서
눈밭을 서성였다
너무 많은 눈들이 내려서 그런지
꽃을 찾을 수 없었다
하얀 눈에서는 색이 있으면 눈에 띄기 마련인데
없어진 것일까 했는데
눈을 정처 없이 파헤쳐보아도 찾을 수 없었다
다른 곳으로 가야할까 눈을 돌렸는데
멀찍이 보이는 하얀 눈밭에 저 멀리 빠알간 것이 보인다
그 순간 차가운 바람이 가로 막았다
바람은 내 시야를 가로막으며
가지 못하게 하였다
나는 그저 저 멀리 보이는 빠알간 것을 보며
기다린다
바람이 멈출 때까지

어둠 속 소년

어둠 속에서 소년은 몸을 웅크리고 있었다
웅크린 소년은 아무 말도 하지 않는다
그냥 웅크린 채 창밖을 바라보고 있었다
어둠 속 소년은 혼자서 시간을 보내고 있었다
창밖에서는 환하게 태양이 떠오르고 있다
그리고는 소년에게 다가가며 손짓한다
하지만 소년은 그저 어둠 속에서 창밖을 바라본다
힘없는 눈으로

노릇불긋

가끔 마주하면 느끼지만
노릇하면서도 불그스름한 것이 보기에도 좋다
조금이나마 까맣게 그을리면 마음이 어려워진다
그래서 너를 자꾸 움직이도록
손을 잡아주며 말을 건넨다

조금의 기다림이지만
많은 이야기를 하며
노릇노릇하게
불그스름하게
너를 마주한다
그런 너 때문에 나는 너를 잊지못하나보다
그래서 가끔은 너를 기억하고
너에게 다가간다

베푸는 타인

좋은 마음으로 사심 없이 대하는 그대
아무것도 바라지 않고
아무것도 원하지 않는
그런 사람이다
어느새 피었다가
어느새 가라앉는 안개처럼
언제 왔다가 갔는지 모를 정도로
왔다 가는 사람이다
그는 은혜를 베풀고
항상 타인을 위한 삶을 사는 것 같다
왜 그런지 알 수 없지만
그의 행동과 말투에 따라 알 수 있는 것 같다
허물없이 지내려고 하지만
보이지 않는 벽은 우리를 가로막는다
항상 피곤한 그는 언제나 베풀어준다
착한 행동은 미안함을 따른다
그렇기에 우리는 그에게 미안함을 느낀다

쓸며 닦으며

하루를 돌아보며
쓸고 닦고 쓸고 닦고
오늘도 바닥에 있는 먼지를 쓸고 닦습니다
한참을 쓸고 닦으면
그간에 생겼던
고민도
생각도
먼지처럼 쓸려갑니다
깨끗해지는 바닥처럼
머릿속이 맑아집니다

떠나고 남는 일

떠난 사람이 있으면
그 자리에서
떠날 사람이 있다
정을 나누고
사랑을 나누었던 시간들 모두를

남을 사람이 있으면
남는 사람도 있다
추억을 쌓고
기억을 쌓기 위해서 말이다

그렇게 떠나고 남는 일을
우리는 매년마다
항상 느낀다

처음

하늘에서 떨어졌나 보다
무엇보다 앙증맞은 손과 발을 움켜쥐고
어디 다친 데는 없는지 요리조리 살펴보고는 안심한다
엇 그런데 이 녀석 날개가 없지 않은가
상처부위 따윈 없는데도 자꾸만 우는 이 녀석은
날개가 없어진 탓인 거 같았다

눈을 뜨고 바라본 눈동자 속에는
처음 보는 광경들이 너무 낯설고 어색하였다
밝은 빛 안에서 들리는 알 수 없는 소리들
그리고 만져지는 촉감들
무언가 맛보아지는 처음 느껴지는 맛과
이상하게 느껴지는 향까지
이런 감정이 맞는지 모르겠지만
말로 형언할 수 없는 감정들이 솟구쳤다
아 이제 시작인가 크게 소리내어보자

해산의 고통은 말로 표현할 수 없는 것이라고 하였다
너무 아픈 시간들과 힘겨운 시간들이 계속되었다
내 안에 있는 모든 힘을 쏟아내고 있었다

마침내 들리는 소리는
이루 말 할 수 없는 감격과 감동을 몰고 왔다
나의 기쁨이 되고 나의 슬픔이 되고 나의 행복이 되어줄
아이의 모습을 보니 눈물이 흘렸다
처음 느껴보는 모든 것들이 작은 몸에 담겨 있었다
나의 사랑 나의 작은 자야
축복하고 축복한다

모든 것이 처음일 것이다
앞으로 그렇게 시작하는
모든 것들이 처음으로 내딛을 것이고
서툴고 어수룩지만 잘 이겨낼 것이다
처음인자여 끝으로 나아가거라

꿈

소설의 작가가 되는 것처럼 열심히 글이 써진다
무슨 문장이 오고 가는지도
어떤 인물이 나와야하는지도 알 수 있다
그렇게 상상의 나래가 펴져 갈 때 이야기는 완성된다
생각하지도 못한 것들이 이야기에 있다
모험의 이야기 일상의 이야기 소망의 이야기
여러 이야기들이 담겨져서 눈을 감으면 계속 떠오른다

과거 현재 미래가 뒤죽박죽 섞여서 주인공은 찾아야했다
짧은 이야기 긴 이야기 속 주인공은 찾는다
목적 없이 무엇을 해야 하는지 정처 없이 찾아본다
그리고는 그것을 찾기도 전에 눈을 뜨게 된다
의문을 가지고 다시 눈을 감아보아도
똑같은 이야기는 잘 나오지 않는다
그래서 눈을 뜨기 전에 찾아야했다
무엇인지 모를 것을 말이다

두 새

꽃향기가 가득한 나무
나뭇가지에 앉은 새들
잠깐의 지저귐으로
상대의 안부를 묻는다
잘 모르기에 조심조심하면서
다가간 한 마리의 새는
여러 새들 중에 눈에 띄는 새를 바라본다
상대에 대한 날갯짓
그리고 지저귐
두 마리만의 공간이 만들어지고
웃음소리처럼 기쁨이 가득하다
그러다 약속이 있는지 한마리가 떠나간다
남은 한 마리는 가만히 떠나가는 모습을 바라본다
안녕 다음에 만나하는 것처럼

검은 어른들

새하얀 마음을 가지고
날개를 펼치려하는 아이들
까맣게 그을린 그림자가 다가간다
다리를 타고
날개를 꺾고
목을 죄어갔다
발버둥치지만 힘이 부족하여
빨갛게 부은 눈물이 흐른다

작디작은 아이들이 가진 꿈은
검은 그림자에 의해 부러지고 죽어간다
새하얀 마음이 검게 그을릴 때
어른들은 어디에 있는가
죽어가는 아이들에게
어른들은 무얼 하는가
팔짱만 낀 채 나서지 않는 모습이
아프게 죽어가는 아이들에게 칼을 꽂는다
슬프다 슬프다 슬프다

국치세트

따끈따끈한 국물
동동동 수영하는 유부
쫄깃쫄깃한 생면

쭉쭉 늘어나는 치즈
바삭바삭한 튀김
촉촉한 고기

입 안 깊숙이 맛을 느끼며
젓가락을 계속해서 사발에 가져다 놓는다
차가운 바람 때문인지
뜨거운 입김이 나온다
맛있는 음식
차오르는 배
기분 좋은 저녁이다

눈에 대한 생각

누군가는 말했다
하늘에서 쓰레기가 내린다고
다른 누군가는 말했다
하늘에서 하얀 눈이 내린다고
누군가에겐 쓰레기 누군가에겐 하얀 눈이 된다
아무렇지 않은 듯 내리지만
느낌을 말해주는 그런 것이 있다

뻥튀기과자

고소한 맛
까드득 까드득하는 소리와 함께
씹으면 씹을수록 입안에 퍼진다
한바가지 퍼놓은 사발에
너도나도 다가가는 손들이다
주먹만 하게 가져가서 한 알씩 먹다보면
어느새 바닥이 보인다
바닥보면 그릇에 손 올려보아도
공기만 잡힐 뿐
그러면 다시 봉지를 열고 되풀이한다

우린 파주에 있다

달리는 차안에서 떠들썩하여도
우리는 흔들리지 않았고 앞으로 나아갔다
옛사람들의 정취와 옛 모습의 추억을 우리는 떠올리고
따뜻함을 느꼈다
밤하늘의 별과 같은 빛을
땅에서 바라볼 수 있었고 만질 수 있었다
함께 나누는 즐거움이 더한 아홉 인들과
맛있는 시간을 보내고
즐거운 웃음을 나누며 보냈다
하루가 짧은 듯하지만 긴 시간을 보내고 있다
우린 파주에 있다

아름다운 사람은 머문 자리도 아름답다

아름다운 사람이 있다
그 사람은 모든 것을 남기고 간다
추억도 정도 사랑도 기억도
그래서 많은 것을 잃어버린 듯 했다
그런데 그가 떠날 때 놀라운 일이 일어났다
그가 아는 사람들이
그의 추억이 되고
그와 정을 나누고
그와 사랑을 하였고
그와 기억을 공유하였다
그는 많은 것을 남기고 가지만
모든 것을 잃은 건 아닌 것이다
그는 아름다운 것을 남기고 간 것이다

부지런하게 실행될 것이다

고통은 사람들이 느끼는 감각 중에 하나이다
괴롭고 아프고 힘들고
중간 중간마다 괜찮아지다가도 되돌아오게 된다
주변을 보지 못할 정도로 움츠러드는 몸으로
신음을 내고 손으로 아픈 곳을 꽉 부여 잡는다
한참을 고통 속에 몰아넣어지면
내 몸은 물속에서 수영하듯 젖어버린다
고통은 반드시 회복이 있게 된다
그 회복이 미약할지라도
개미처럼 부지런하게 실행될 것이다

하얀 집

상이 안 좋다
하얗게 보여지는 것이
어디가 아픈 사람 같아 보인다
하얀 집에 들어가서
하얀 옷 입은 사람들이
열심히 검사를 하고 결과를 알려준다
하얀 얼굴로 들어보니
좋지 않은 상이 되었다
몸 안에 6개의 종을 없애고 나오신
하얀 얼굴은
내일도 하얀 집에 와야 한다
그리고는 하얀 옷 입은 사람들에게
또 다시 검사와 결과를 받을 것이다
좋은 결과가 있기를

동태탕 속 이야기

빠알간 국물에 숟가락 세 개
동태눈깔을 보며 휘저은 이야기
많은 이야기를 하지만
동태탕 안에서 맴돌아 버린다
세상에 대한 이야기
연애 결혼 그리고 친구
그들의 이야기가 맴돌고 맴돌아서
숟가락으로 떠서 먹는다
너하나 나하나
흘러가는 시간처럼 졸아 드는 국물들처럼
이야기는 점점 사라지고
각자의 삶을 응원하며
돌아간다

개미와 물방울

똑똑똑
떨어지는 물방울이
잎사귀 옆으로 떨어졌다
아무것도 아닌데 물방울로 인해
놀란 가슴 부둥켜 쥐고 떨어진 곳을 쳐다보곤
걸음을 재촉하며 빨리달려본다
떨어지는 물방울 피해보려다 넘어졌다
아픈 다리 부둥켜 앉고 바라본 하늘은
파아란 하늘이 드리워져 있었다

잔속에 이야기

상대의 깊은 곳을 공유하는 사람이 있다
그 사람과 대화를 하면
많은 일을 공유하고 많은 이야기를 한다
웃고 슬퍼하고 즐거워하며 일상을 이야기한다
생각지도 못한 일에 기뻐하고
생각지도 못한 일에 아쉬움으로 달래본다
그렇게 이야기 할 때쯤이면
가슴 속 깊이 묵혀두었던 이야기가 한두 번 솟아오른다
그럴 땐 말없이 한잔 기울이면 고개를 끄덕이곤 한다
기울어진 잔과 나의 침묵이 평행을 이룰 때
우리는 미소 지으며 별일 아닌 듯
다른 이야기를 잔에 채운다

혼잡한 시간

혼잡한 개미굴로 들어가
원하든 원치 않든
옷깃을 스치며 인연을 만들게 된다
눈살을 찌푸리는 사람
네모난 사과박스를 보는 사람
길쭉한 초록괴물을 잡는 사람
서로를 너무 사랑하는 연인
그 모든 것이 하나의 공간에 있다는 것이
혼잡한 실정이다
그렇게 개미굴에서 빠져나오게 되면
다음엔 좀 더 일찍 좀 더 늦게
혼잣말을 남기곤 한다

구세군

빨간 종소리가 들렸다
그리고 빨간 옷을 입은 사람이 나타났다
빨간 목도리를 두르고
빨간 종을 흔들며
빨간 냄비 옆에서
빨간 하트를 보내고 있었다
추운 날씨
힘든 사람들에게 보내는 마음을 담으며
힘들게 서서 종을 울린다
종소리 울려 퍼져라
불우한 이웃에게 따뜻함이 들릴 수 있게

이브의 시간

평소와 같은 하루인데
차가 막히고
사람들이 너도나도 나와 모인다
기다리는 만큼
기대하는 것도 크게 되는 날
기쁨이 넘치는 날이기에
우리는 밖으로 나오게 되는 것이다
가족과 연인과
케빈과 해리와 함께하는
이브의 시간을 우리는 보낸다
그리고 성탄을 맞이한다

허공

크리스마스라고 하여도
사람들을 만나도
게임을 하거나
맛있는 음식을 먹어도
허전한 마음 한구석
외로이 거니는 거리
차가운 바람이 나의 친구가 되어
말동무가 되어준다
너랑 이별할지도 몰라라고
일 년 전에도 말했지만
지켜지지 못한 약속을
도돌이표로 만들었다
허공에 속삭이듯 한 말은
다시 돌아오게 되었다

다름이기 때문이다

유리잔에 물이 들어가 있다
또 다른 유리잔에는 사이다가 있다
똑같은 유리잔에 다른 내용물이 있듯이
우리는 서로 다르다
언제 만들어졌는지 모르고
어떻게 만들어졌는지 모르고
어떤 유통을 겪게 되는지 모른다
그냥 유리잔이다
하지만 그 안에 담겨지는 것은 다르다

똑같은 물이지만
유리잔과 쇠잔이 있다
소재가 다르지만 내용물이 같듯이
우리는 서로 비슷하다
아리수인지
삼다수인지
백산수인지 모르지만
같은 물동이에 담겨진 물이다
하지만 그것을 담는 용기는 다르다

도로에 나서다

길가에 나서는 것은 쉬운 일이 아니다
매번 초심자의 마음으로
운전대를 잡는다
왼쪽 오른쪽을 둘러보고
가끔 백미러를 보고
빨간 녀석
노란 녀석
초록 녀석을 보고 지나간다
사람들이 지나갈 때도
붕붕하는 차가 지나갈 때도
조심 또 조심이다
가끔 양심 없는 차도 보이지만
후하고 털어 내보인다
도로에 나서는 것은 쉬운 일이 아니다
매번 긴장하며 다니자

겨울바람

살을 에이는 바람이 계속되었다
태백을 뚫고 지나간 바람은
속초에 파도를 갈라놓았다
시간이 지날수록 거센 바람이 불고 불어
차갑게 보이지 않은 얼음이 스며들었다
손 안에 핸드폰을 들고 사진을 찍은 시간은
얼음장 같은 시간이 되었다
한 컷의 사진으로
시린 겨울바람을 이겨보며
따뜻함을 한 잔의 차로 녹여본다

설악

가벼이 걸었던 설악의 시간은
움직이지 않은 바위를 밀어보게 만들고
금강산에 가지 못한 울산바위를 보며
안타까움을 지어 보게 된다

권씨와 김씨가 만든 고성은
설악산에 힘난함을 가지고
우뚝 솟은 바위를 방패삼아 산성을 이루고
차가운 겨울바람은 뺨을 때리고 지나가고
귀와 손을 얼어붙게 만든다

올라가는 케이블카에서 만난 장관은
가슴을 뛰게 만들고
지친 다리를 권금성으로 향하게 하였다
정상에서 다시 만난 겨울바람은
사진기를 얼게 만들고
다리를 힘잃게 만들어 불안함을 조성하였다

파아란 하늘을 쳐다보며
녹음진 설악을 바라보니
알찬 하루가 금방 간다

사귐

사귐이 있는 모임
내가 당신을 모를 때에는
그냥 지나가는 바람과 같다
당신을 만나서 안부를 묻고
당신을 만나서 웃음을 얻었을 때
우리는 관계 안에서 사귐을 가지게 된다
너의 시간
나의 시간
사귐은 너를 알고 나를 아는 시간이다
얼굴을 익히고 가깝게 지내면
우린 같은 시간을 걷는 것이다
그것이 사귐이다

그때만큼은

하루의 끝일뿐인데
일 년이다 가는구나
가는 소식은 언제나 힘들었고
오는 소식은 기쁨이 넘쳐난다
언제나 그랬듯
그때만큼은 잘할 걸
그때만큼은 이렇게 할 걸이라는 마음이 있다
새해는 그런 후회가
더 많은 것들을 잘 할 수 있었으면 한다
세상에서 보이는 행복이
한 해의 끝에서 이루어져
다음해에도 많은 행복이 있기를 소망한다

포부

어제 나의 모습은 보이지 않도록
감추고 감추어본다
오늘의 나는 새로운 모습이기 때문이다
알 수 없는 감정을 가지고
새롭게 시작하는 거울 앞에
나의 모습을 보고 주먹을 쥐어본다
작은 주먹이지만
큰 포부를 가지고 있다
가볍게 *끄*덕이며
고개를 들고
가슴을 펴고
문을 열었다
차가운 바람
언제 그랬냐는 듯이 움추려버렸다

백년 후 그들

밝은 하늘을 바라보려고
총을 들고
붓을 들고
살았던 이들이 있었다
그들은 모진 고문을 받고
많은 피를 흘리며
억울한 시간 속에서 살아왔다
힘들고 어려운 시기에
두 팔을 들어올리며
다시 찾은 나라엔
우리는 살아있게 되었다
아픔이 있는 일이지만
백년이 지난 우린
그들을 기억한다

완벽한 타인

세상에 완벽한 사람은 없다
완벽한 비밀도 없다
그래서 우리는 매번 실수한다
사람들의 눈치를 두려워하고
자신의 수치를 드러내기 싫어한다
자신감 있게 말한 순간이지만
타인을 바라보는 시선에서
이미 흔들리고 있다
조금은 실수하고
조금은 모자란 것을 보여주면 어떠한가
우린 삶에 완벽한 타인은 없으니깐

화초

거센 바람이 일렁일 때
나는 화단에 화초들을 바라보았다
그들은 서로 바람에 맞서고 있었다
바람이 멈추었을 때
바람에 맞서던 화초들은
이제는 서로 싸우고 있었다
그래서 난 그들에게 다가가
서로 붙어있는 몸을 떨어뜨려주었다
싸우지 말라면서 말이다
그들은 이내 싸움을 멈추고는
나를 향해 미소지어주었다
나도 미소 지었다

눈물

퐁당퐁당
물가에 떨어지는 돌무더기소리에
잠이 깨어버렸다
곤한 잠을 자고 있을 때는 몰랐는데
일어나보니
아주 작은 물방울 소리였다
멀리서 떨어지는 작은 물방울엔
슬픈 이야기를 담고
노부모의 마음이 서려있었다
나는 일어나지 못한 채
물방울 소리에 눈을 감았지만
듣고 싶지 않은 물방울소리가 맴돌았다

인생게임

사람들은 항상 게임을 하고 있다
인생의 게임
그 게임은 어느 것 하나 부족하지 않다
새롭게 콘텐츠가 쌓이고
새로운 빌런 들이 나타난다
한참을 게임하다 보면
후회하는 일도 있고
힘든 일도 있다
그래서 어려운 난이도의 게임을 하고
좋지 않은 감정을 가지고 있을 때가 있다
하지만 그 순간을 넘어가면
조금의 성장인 레벨 업을 하는 것이다
삶이 한순간이지만
게임의 연속성은 무궁하다

설득

머릿속에서 생겨난 것을
편지로 써서 보냈다
그는 잘 전달 받지 못했는지
갸우뚱하게 되었다
다시 편지를 써서
그 사람의 우체통에 넣어봤다
그는 편지를 받았는지
나에게 다가와 말하였다
'응 알겠어 그렇게 하자'
역시 머릿속 우체통에
직접 전달하는 게 빠른 것 같**다**

텅 빈 종이

오늘도 텅 빈 책상 앞에 앉아 글을 써 본다
생각나는 단어와 구절을
빈 종이에 적어본다
생각나는 대로 적다보니
아무 의미 없는 글이 되었다
글을 읽다보니 생각났던 것이
어떤 거였는지 기억해본다
그런데 텅 빈 종이처럼
머리도 하얗게 되어버렸다
텅 빈 종이
텅 빈 머리
생각나는 대로라고는 하지만
생각이 없는 글인 것이다
이럴 거면 낙서나 할 걸 그랬다

병상

아무것도 할 수 없는 침대에 누워
다가오는 사람들을 만난다
나의 손을 잡고 자신들이 누구냐고 물어보는
그들의 눈가에 뜨거운 눈물이 흐르는구나
나는 대답하지만 나의 목소리는 어눌하다
버티기 힘든 구십세의 나이에도
나에게 힘을 내라며 회복될 거라며
말해주는 사람들에게 나는 모르겠다
힘을 내보자 힘을 내야지라고 말하며 손을 움켜쥔다
어렵게 어렵게 내쉬는 숨소리는
그들의 마음을 울렸던가
사람이 나면 한 번 가는 것이 문제이다
한평생을 나와 같이 있어주고 나와 함께해준 여인
나의 얼굴을 쓰다듬으며 다시 올 거라고 약속을 하고
떨어지지 않는 발걸음으로 저만치서 보이는데도
나는 아무 말도 할 수 없다

나의 할아버지는 지금 병상에 누워계신다
나는 아무 감정을 가지고 있기 힘들었다
그저 부모님의 모습을 지켜보며

할아버지를 바라보았다
눈이 마주칠 때마다 쉽게 눈을 돌렸다
눈물이 앞을 가리울까봐
아직 돌아가신 것도 아닌데
그저 힘겨운 모습일 뿐인데
가슴이 아플까봐 그랬다
한쪽 팔과 손만 움직일 수 있다는 것이
말을 하지만 또박또박하지 못하다는 것이
안타까운 슬픔을 자아낸다
사람은 언젠가는 가는 것인데도
자꾸만 여운을 남기고 후회가 가나보다
멀리서 밖에 들을 수 없던 할아버지는
우리가 늦어버린 탓에 점점 누워지셨다
지금의 그의 모습은 너무나 작게만 느껴진다
힘내시라고 회복 하실 거라고 말씀을 드리지만
힘겨워보였다
마음의 준비를 해야 한다고 한다
그것이 사실일까
그것이 정말일까
아픔이 더 큰 아픔을 가지고 온다
부디…

읽어주셔서 감사합니다.